乱反射する幻想
橘しのぶ『水栽培の猫』に寄せて

野木京子

橘しのぶさんの詩集『水栽培の猫』は、読者を迷宮へ誘い込む。ページをめくるたび、曲がり角の向こうから、この世のどこにもいないはずの異形のものが、晴れやかに姿を現わす。水を吸って生きる猫、二の腕で泳ぐ金魚、槍で突くうさぎ面の男、鳩になって飛び去る女……。

柔らかな感受性の世界を、不思議な存在が縦横無尽に出入りしている。橘さんは童話作家でもあり、現実と幻想を交差させる絶妙な感覚を持っているのだ。日常から軽やかに境を越えて幻想へ踏み入る。幻想のほうも、乱反射する光となって現実へ照り返してくる。それらが縦糸と横糸となり、つづれ織りの鮮やかな景色を描き出している。

幻想といっても甘いものではなく、悪夢めいたもの、不穏な気配が色濃いもの、悔いや自責の苦さが響くものもある。それらの背景について、橘さんは説明をしない。説明など必要ないのだ。背後の現実を探ろうとあれこれ深読みすると、かえって迷子になる。読者はそのままを受けとめればよいのだ。

優しさにも満ちている。水栽培の猫も、自分だけで独り占めにはしない。「おとなりさんも／そのまたおとなりさんもこっそり／水栽培の猫を飼っているらしい」とあり、どのひとの心にも、そういう生きものが隠れていると伝えている。猫が乗せられている容器の〝水〟とは、それぞれのひとが内奥に湛えている根源的な悲しみのことであり、〝水〟はそれぞれのひとの記憶のことでもある。血管もはらわたも透明になった美しい猫は、もうどこへも行かない。悲しみと記憶を吸収して生きているのだから、そのひとの記憶が続くかぎり猫は消えない。

最後の詩「鈴」で、透き通る音が響き、巻頭の〝水〟の揺れとイメージが呼応する。「口笛」で語られているように、猫は病気になり、やがて死を迎えるのだが、祈りの鈴の音とともに循環を繰り返し、「口笛」の猫も「鈴」で墓に埋められた猫も、「水栽培の猫」に戻る。循環しているから、猫の命は決して終わらず、透き通ったまま歩き続けているのだ。

ポエジーの宝箱。一粒一粒の詩篇を味わいつつ、わたしは、自分が長い旅をしたような気持ちになって、読み終えた。

水栽培の猫

橘しのぶ

思潮社

目次

カバー写真＝著者

水栽培の猫

橘しのぶ

水栽培の猫

ベランダに
猫が一匹まよいこんだ
どこにでもいそうな
やせっぽちの猫だ
アパートはペット厳禁だけど
水栽培ならばれないかなと
窓辺のガラス容器に
水を張ってのせておいた

三日も経つと
水を吸った猫は
ふっくらとうめいになった
すっかりなついて
朝のゴミすてにもついてくる
アパートの住人は
気がついていないふう
おきまりの笑顔で
おはようございます
今日もいい天気

血管もはらわたも
とうめいなのに

胸のあたりに耳をあてると
とくんとくんと鳴っている
抱いて寝るとほかほかだ
けれどいつかは
つめたくなるのかな
想像したら泣きそうになった

おとなりさんも
そのまたおとなりさんもこっそり
水栽培の猫を飼っているらしい

おはようございます
おはようございます
おはようございます

ベランダで
朝顔がつぎからつぎへと
すきとおった花を咲かせる

金魚

古書店の若い奥さんは
腕に金魚を一匹飼っている
ぴちぴちした琉金がノースリーブの二の腕で
赤い尾鰭をゆらめかせる
餌の代わりに本を読んで聞かせるらしい
まるで売れないわたしの詩集を
棄て値で買い取ってもらったとき
「ことばの玉手匣みたいなご本ですのに」

と云ったけれど、金魚の餌になったのだろうか
奥さんはふいに立ち上がり、思いっきり伸びをした
焔のように赤がゆらいだ
それからまもなく、わたしは引っ越した

七年ぶりに古書店に立ち寄ると
いくらかふっくらとした奥さんが店番をしていた
「七人の子供の母になりました」
一度に七人産んだのか一人ずつ毎年産んだのか
どっちだろう
「お名前は？」
「ド、レ、ミ、ファ、ソ、ラ、シ♪」
アルトの声で答えてくれた
夕刻を告げる鐘が鳴る

スコットランドの釣鐘草だ
奥さんの腕に、金魚はもう、いない

潮騒

まるめてポケットにつっこんで
わたしをどこへでも連れて行った
ケータイみたいにいじったり
ハンカチがわりに汗をふいた
涙をぬぐうことはなかったけれど
花粉症のころには鼻をかんだ

わたしをポケットにつっこんで
決まった時刻に帰宅した
おかえりなさぁい
カレーの匂い

真夜中のコインランドリーで
わたしを洗って月の光にさらした
まっさらなわたしに包まれて
さなぎになってねむった

一度だけ待ち合わせたことがある
別々の電車に乗って海を見に行った
海は砂漠のように凪いで
手をつないでどこまでも歩いてゆけそうだった

かなたをゆびさすと改行するように水平線を越えて
そのひとは群青の空になった

手のひらから落下したわたしは
くだけた白い貝のから
記憶の砂に紛れる

穴のあいたポケットから
潮騒がこぼれつづけていた

ごっこ

ごっこしようってさそわれたから。

いいよ。だって夏休み。からっぽの下駄箱のところで待っていて。お揃いのローラースケートが二足、おきざりにされていたでしょ？ちょっと拝借。手、つないで、えんそくみたい。きみは空をノックする。とんとんとん、とんとんとんとん。あやしいものではありません。麦わら帽子のリボンだけ新調したの。あのね、どこまで行くつもり？持ち時間は、ナン千ナン百ナン十ナン秒？

しなやかな捕虫網は今日のキレハシ。風をつかまえて日付を刻んでほしいの。きりさめみたいな網目からも、すりぬけてゆくものってあるけれど、そんなものが、いっとう、いい匂いがするよ。青すぎる空はきらい。まっとうな約束みたいで息がつまりそう。虫めがねで集めた光で、ブレスレットをつくるわ。油彩のメヌエットが流れつづける。

ゆめのように美しい花束を、もらったことがあった、と思ったくらいだから、わたしのゆめは花ほどに美しかったにちがいない。花の名は知らない。その人の顔は忘れた。けれどそれは、いつまでも、まなうらでゆれていたわ。ながいながい放課後みたいに。ね、わたしのおしゃべり、つまらない？　きみは天の川のほとりで、りんどうの花を摘んでいる。わたしに？　くださると？

ごっこならいいけど。ゆめならさめるけれど。

花影婆娑

吐息にくすぐられて、ゆめからさめた。微熱の川がうなじを流れる。そのほとりの七分咲きの桜の木の下に、男らはたむろしていた。ありきたりな勤め人風だが白いうさぎの面をかぶっている。手に手に槍を持っている。

ろくねんせいになったら。うたいながら私のまわりに円陣を組む。だれもかれもが眩しい後光を背負っている。ゆめからさめたゆめを見ているだけかもしれない。

ろくねんせいになったら。うたいながら私を槍で、つきはじめる。けれども、面の穴からのぞく眸は、泣きあかしたように赤く優しい。突かれて衝かれて搗かれて憑かれて、春のオブラートに包まれて、うとうととすべりおちかけては縋りつき、疲れはてるまで捏ねまわされて、掌の上でまろくまっしろい繭になって、眠りこけるべき、だったのかもしれない。どうしてもなれなかった。ろくねんせいに。

満月の銅鑼が鳴り響く。やからはいっせいに、まわれみぎをして、面ごと貌を脱ぎすてる。そそらそらそら。耳だけのうさぎが跳ねる。

帰り径、石くれだらけ、と思ったら喉仏だった。

川は干上がっている。花の影を踏んでゆく。

押入れ

転居した家の裏手には川がひとすじ流れていた。古い木の橋がかかっていた。一人で渡ってはいけないと、母から念を押されていたけれど、学校帰り家の前を素通りして、こっそり橋を渡った。めまいのように橋はゆれ、欄干にしがみついたら子守の笛子におぶさっていた。雨ふりの押入れのにおいがした。

笛子の部屋は、長い廊下のつきあたりだった。その押入れを一度だけ、あけたことがある。上段に置かれた金盥は、雨もりの滴りで溢れそうだった。下段には表紙のよれた雑誌があった。全裸の男女がゆでたての饂飩みたいに絡みあっていた。笛子は、それからまもなくいなくなった。四畳半は物置になった。

中学生にもなった私をおぶって、笛子は跣で橋を渡る。その背中は奈落だから目を瞑って溺れるほかない。渡ったきり、ひきかえした憶えはないのに、顔をあげたら朝だった。登校して帰りしな、橋を渡る。来る日も来る日もおんぶされる。一人で渡ってはならない。

終業式の帰り、川まで行ったが橋がない。対岸で男が釣り糸を垂れていた。あっ！　大物！　釣果は押入れだった。男はそれを展開図みたいに掌に広げ、四角く小さくたたみなおすと、ふところにしのばせた。それから釣針に新しい餌をつけた。

制服はびしょぬれだ。

レプリカ

花火大会に誘われた
一度だけ、となりの席になった男子だ
ゆかたを着てきたのに
あの子はTシャツに半パン
捕虫網と虫かごまで持っている
「昆虫採集にでも行くの？」
「花火泥棒だよ」
ひらきたての花火を網ですくって

同時に空に向かってなにか投げつけた
花火のレプリカがちるさまに歓声があがった
「本物ならちるはずないのにね」
本物の花火を虫かごにしまって
むかった先は中学校のプールだった

水にうかべると
花火はふうわりひらいた
あの子とわたしはプールにとびこむ
二匹のさかなになって本物をさがしに行く
わたしをかすめるあえかなぬくもりが
花びらなのか水の手のひらかあの子の尾鰭なのか
わからなくていい

「水中花ってレプリカなのにちらないわ」
「ちらないならちらすだけさ」
「あえるあえないあえるあえないあえる……」
花びらを口に咥えてかわるがわるちらした
「恋人ごっこね」
「いや、共犯者だよ」

夏休み最後の日
ハガキが一通、届いた
文字のかわりに押し花の花びらが
放射線状に貼りつけてあった
消印には知らない町の名前が記されている
「二学期から、あの子、転校するのか」
わたしはくちびるをかみしめた

犬

デパートの屋上のペットショップへ犬を買いに行きました
コバルトブルーを飛行機雲がびりりと裂いて
疵口からあふれるものを目で追いかけ
追いつくまもなく消えてしまうから
泣きたくなる

今日、買いたての犬でした

わすれてもわすれても
ゆらぎやまない水面を空と信じて
水中花が一途に匂いはじめた午後でした
からっぽのメリーゴーラウンドはまわりつづけ
自販機の珈琲の熱にふやけた紙コップがつぶれる
一張羅で、おしろいつけて、デパートの屋上へ
犬を買いに行ったのでした

エレベーターではなくてエスカレーターではなくて
こぐらい階段をかつんかつんかつんかつん
のぼっているのかおりているのか
わからなくなったら
切れるまで螺子を
巻けばいいだけ

デパートの屋上は十二色クレヨンみたい
笑い声子供を呼ぶ声アイスクリーム
猛然と暑くて猛烈に渇いて
犬なぞ買った

わたしは、今日。

まわりひまわり

あなたの背中は一面のひまわり畑だった
ふつふつとカラメルの煮詰まってゆく秋の
手のひらほどのトロッコに乗って
ぼくは何処へ帰ろうとしていたのだろう
縦横無尽のレールのほとりには
火傷するほどの悲しみがわんわんさいていた
一握りの正義と善意とがわんわんゆれていた

あなたの脊梁はもののみごとにまっすぐで
左右一対の貝殻骨は埠頭のように美しかった
ひなたくさいトロッコにひざまずいて
ざらざらの舌で愛撫したら
鹿笛みたいに鳴ったから
穴という穴に絞りたての柑橘果汁を
すりこみたい欲情に駆られたのだった

あ……そこ、つばさが生えていたところ
あのころからわたしばかり見つめていたでしょう?

いわれてみれば有史以前から
ここに佇っていた気がしないでもない
だまし絵みたいなかんばせが

ひがしへむけばひがしへ
にしへむけばにしへ
死にものぐるいで傾斜したのに
けむりになったりひかりになったり
ジンタのながれにのってみせたり
ゆめとうつつをビビンバみたいにかきまぜて
さあ、めしあがれ

トロッコがガタンと鳴って
ちりぢりになったひまわり畑は
過去へ過去へと飛びちりはじめた
きんいろのあぶらになりたい
耳もとでささやかれたとたん
きんいろのあぶらのような思念で

あふれそうになるぼくがいた
きんいろのあぶらのような
愛のようないやむしろ
憎しみのような

ついたて

ひとまねのきらいな鸚鵡がいた
ついたてのこちら側で飼っていた
コンニチハもアリガトウも云わない
ノースリーブの肩にとまっていた
二十四色クレヨンを喰い荒らしたくせに
羽冠から尾羽までまっしろだった
きまぐれにララバイを歌った
肩に感じるおもみぬくもりくいこむ爪の痛みを

夢の中でも反芻していたい私のほうこそ
飼われていたのかもしれない

だれとだって死んでしまえそうなゆうまぐれ
ふりだした雨は　あがりぎわが激しくて
激しさこそが錯覚であったかのように
ぱたりとあがる
ついたてのあちら側を路面電車が走り去る
雑踏に紛れてしまいそうな　ちょっと猫背な後姿を
追いかけてしまいたい衝動に駆られたとき
眼前にひろげられた白い翼
鸚鵡は私の肩にとまって
アイシテルと発語しながら肉を啄んだ
鸚鵡返ししたいけれども

肩だけになった私には
口がない

いちはやきみやび

春日の里へ
すさびの狩の道すがら
垣間見た　をんなはらから
白河夜船にゆられてゐた
ぬばたまのながれは堰を切り
氾濫する夢の淵瀬に泛んだ
真珠のやうな貌ふたつ
うち靡く黒髪は千筋のくちなは

舌躍らせ夢の底まで喰ひ荒らすなら
とうとうたらりたらりらたらり
とうに溺れたはうが勝ち
あねいもと　まどろみながらゑみくづれ
嬌声が　をとこの胸に寄せてはかへす
煮えたぎる蜜が血くだを駆けめぐる

春日野の若紫のすりごろも
しのぶのみだれかぎり知られず*

〈春日野に咲く若い紫草が
私の心を禁断の色に染めあげた
途方もなく想ひ乱れるその色に〉

驟雨に洗はれた野辺に
むらさき草の白い花が二輪咲いてゐる
かたはらで事切れた一頭の揚羽蝶
たまゆらの情熱に
刺青された濃紫と言はぬ色の綾なす翅は
颪に飛ばされ反古になる

＊「伊勢物語」初段、在原業平の歌

の丶字

わが腹のうちなる蛇ありきて肝をはむ*

せつなさを綯ひだ紐をひろった
縊れるための紐か　命の綱か
闇のあはひで発光しながら
ゆくりなく絡みつく紐は
火糞の臭ひの息吐いて産卵する
さかりあるものには
をはりがあるから
孵ることのないたまごは

糸の切れたくびかざり
静脈の川にこぼれて
蛍になった

紐は
の丶字を描きながら
胎内にしのびいり
はらわたをはむ
三十日三十夜むさぼられ
すっかりすきとほった

こ丶ろだけになりました

＊「蜻蛉日記」より

りぼん

いとせめて恋しきときはむばたまの夜の衣を返してぞ着る*

昔の男に出会った。露店商をやっているらしい。男のことだから、嘘八百を並べたてているのかと思いきや、台に並んでいるのは、りぼんだった。さかりをすぎた花の花片がおのずから蕚をはなれるように、男の口笛につられて空から蝶がひらひら、その掌に舞いおりた。くすぐるような手つきで、男は結びめをほどく。紋白蝶は綿レース、烏揚羽は黒繻子、黄タテハは水玉柄のりぼんになった。百円均一だよ。買ってかないかい？　笑うと白い八重歯がのぞく。

そのとき、ギフチョウがはらりと、掌にこぼれおちた。男は結びめをほどいて、日の光と月の光の唐草文様のりぼんにした。雨にぬれた森の匂いの天鵞絨だ。そのりぼんで、ほどけそうなわたしを、しっかりゆわえた。白詰草の花かんむりを、おつむにのせてくれた。それから店仕舞いにとりかかった。残りのりぼんは、くしゃっとまるめて、ジーンズのポケットにつっこんだ。おまえって、いつまでたっても、絶滅危惧種だよなぁ。そっとハグした。

スマートフォンの警報音で目が醒めた。センジョウコウスイタイガハッセイシテイマスタダチニヒナン…と云われても何処に逃げろと。

わたくしは絶滅危惧種です。結びめをほどいてはならない。

＊小野小町の歌・古今集・恋二

こゆび

花粉のせいか黄砂か　いがらっぽくてたまらないので
耳鼻咽喉科で診てもらったら
声帯に　絵本の挿絵で見たような豆の木が生えていた
その枝にハンカチーフにつつまれて
なにかゆわえつけられている

むすびめをほどいたら
みどりの蔓が　ひとすじのびて
さそわれるままゆくと二股にわかれた

あっちのみずはにがいぞ　こっちのみずは……
あまいほうをえらんだ

むしろに正座して　老婦人が
ざるいっぱいの豆を　さやから取り出していた
その尖端には　爪が生えている
こゆびにしか見えない

これは、約束です。おひとついかが？
結構です。破られてばかりですから。
道を踏みあやまったのですね。もとのさやには戻れませんよ。

ふりかえったら　来た径が燻ぶっている
わたしのこゆびは灰になった

匣

インターホンの音で目がさめた
そとに出たが誰もいない
玄関前に立方体の匣が置き配されていた
こわごわあけたら中に　わたしがちんまりすわっていた
匣は　さいころみたいにころがりはじめた

人ごみをぬってころがる
すれちがう人の足にゴツンゴツンぶつかる

だれも気がつかない
みんなマスクをしているから表情がわからない
その下の顔がなくなっていたらどうしよう
あわててマスクをはずした

おでんの匂い
小学生のとき住んでいた家のお勝手だ
「味見してくれる?」
割烹着姿の母が分厚く切った大根の煮たのを丼に入れてくれた
「おっきすぎない?」
「大根は、いいひとと半分こして食べるものよ」
口紅を濃くぬった母は散りぎわの牡丹のように美しい
父は駆けおちしたきり戻らない
大根は芯まで味が沁みてやわらかかった

冷蔵庫の横に千手観音菩薩像がたっておられる

せんのてのかんのんさまは
せんのゆびきりなさったけれど
せんのやくそくみんなやぶった
はりせんぼんめしあがれ

まな板で葱をきざみきざみ母は歌う
そういえば玄関が開けっ放しだ
一刻も早く帰りたい
匣がない

しっぽ

スーパーマーケットの福引で一等賞が当たった。穴掘り許可証と副賞のスコップだ。ここほれわんわん、掘りつづけたら、いいものが見つかるやもしれません。店長の台詞からは、ふさふさのしっぽがはみだしていた。

かえりしな、公園の砂場を掘った。十メートルくらい掘ったら声が漏れてきた。掘れば掘るほど鮮明になる。もうおかえり。母の声だ。はやくおかえり。掘りつづけたら底が抜けて落っこちた。

書きさしの日記帳の栞になった少女が体操座りをして泣きじゃくっていた。砂時計、こわれちゃったの。もうかえれないの。こぶしをむりやりほどかせた。赤侘助が一輪、握りつぶされている。ほそいゆびのすきまから血がしたたる。

朧月に見えたのは、空の穴だった。ちくたくちくたくちくたくちくたく。春は時限装置です。時間の煤がふってきます。お母さんの声もふってきます。わたしだって、かえりたい。かえって、べたべたの手を洗いたい。穴からはみだしたしっぽが、ふりこのようにゆれている。毳毳しい造花の花束みたいだ。枯れることは決してない。

花攫い

落日の緋襦袢が絡まって
春の足がもつれる
モルタルの壁に掌をこすりつけながら歩く
塀の高い邸宅の前で立ち止まる
玄関の植え込みの
ひらきすぎたチューリップの花芯で
雌蕊のかわりにオルゴールから逃げ出した
プリマバレリーナが踊っている

ばねのように扉があいて
アタッシュケースを抱えた
黒いスーツ姿の男が跳び出した
うやうやしく一礼すると
唇が耳朶にふれそうなほど顔をよせて
あなたには花がないですね……
一目散に走り去った

舌のような花弁をぼろんぼろん落として
プリマバレリーナはそれでも
踊りつづけるほかないのだ
男が着ていたのは
喪服だったと
気がついた

うそつきさん

春を売ります。

小火のあったオンラインデパートの屋上で開店は午前零時です。
前の職場はパワハラの温床でした。退職金も出なかった。
おさいふには、木の葉がひとひら、あるきりです。
切羽詰まってハローワークに飛び込みました。
担当者・ハンドルネームうそつきさんが、
うってつけのビジネスがありますと、

春の販売を勧めてくださいました。
うそつきと名乗るくらいだから、
うそのつけない人でしょう。

アドバイスもいただきました。
春売りは、それとわかるように、赤を身につけて来ること。
リップでも、ピアスでも、真っ赤なうそでもかまいません。
おどりつづけていたいから、赤い靴をはいてゆきましょう。
熱中症予防のアクエリアスは飲み放題です。

屋上に着きました。
自分の春は見えないのに、他人の春は見えるのですね。
フリルの春、ストライプの春、ギンガムチェックの春。
シアー素材の春、ヘビーオンスデニムの春。春春春。

春売りの一人がペットボトルのアクエリアスで
頭を洗いはじめました。
電気もガスもとめられちゃった。三日前から水も出ない。
キンキンに冷えたアクエリアスで髪を洗っています。
そのひとの春はラムネ色の綿ローンで
ピンタックが波打っています。

完売したら、私は春を失くしますか？
夏秋冬、夏秋冬、とめぐりますか？
その次は何を売ればいいですか？
夏ですか？
秋ですか？
冬ですか？
うそつきさんにお訊きすればいいですね。

零時です。
サイレンと警鐘が鳴りわたります。
桜しべが屋上から、いっせいに舞いあがり、
舞いおります。アクエリアスは飲み放題です。
惜しみなくかけて下さい。鎮火してください。
完売御礼申し上げます。

紅羊羹

湯呑は一つしかない。寿司屋のあがりで出るようなやつ。

七日ごとに男は部屋を訪れる。ハンドルネームはナナカマドさん。

七回竈にくべても燃え尽きることのない落葉高木だ。

「ようこそ。よくおいでくださいました」

ペットボトルの烏龍茶をレンチンして牛乳と砂糖をたっぷり入れる。私には無理だよなぁと思いつつ、男の好物のウーロンオーレを湯呑に注ぎ差し出す。

「誰にも言うなよ。ナナカマドっぽくないだろ」

言いながら男は、喉を鳴らして飲む。

「ナノカマドの味だなぁ」

飲み干すとナナカマドの顔になって出てゆく。私は丁寧に湯呑を洗う。


七日目、知らない女がやって来た。手土産は彩雲堂の紅羊羹だ。

「ようこそ。よくおいでくださいました。お持たせで失礼致します」

羊羹と一緒に冷たい烏龍茶を湯呑に注いで差し出した。

「日当たりの良いお部屋ですこと。近ごろは何もかもが値上がりで。そういえば日経平均最高値を更新したとか。どれほど夕焼けが美しかろうと明日のことはわかりませんわ」

勝手知ったる我が家のように、女は窓を開け放ち身震いした途端、一羽の鳩になって飛び去った。

湯呑の口縁が欠けていることに気がついた。
紅羊羹にとっぷり日が暮れる。

やさしいさかな

くらがりからしたたる音がするので
こわごわお勝手に行ったら
蛇口から鱗がしたたっていた
夕餉にさかなを捌いた
三枚に下ろして酢〆にした
はらわたとアラは
庭の椿の根もとに埋めた

上半身を捩じ曲げて
蛇口の中をのぞいたら
喉の奥に川が流れていて
さっき食べたさかなが泳いできた
真夜中の青信号みたいな
まなざしをしている

こんな目をした男と暮らした頃があった。
椿を山茶花と間違えて叱られる男だった。

水の底から祭囃子が湧く
かんだかい笛の音になったさかなは
ひるがえりながらふりかえり
ふりかえり　耳孔から

つるんと逃げ出した

ひとりでさびし
ふたりでまいりましょう
みわたすかぎり……*

椿の終の一輪が落ちた
わたしは赤い花をひろって
夜が明けるまでお手玉をした

*宮城県仙台田尻地方の童歌

ヒヤシンス

球根がひとつ
シーツのまんなかにころがっていた
男は山に芝刈りに行ったきり帰らない
わたし一人にベッドは広すぎる
余白によけいなものがまぎれこむ
眠れない夜のひずみに根づいて
あられもなく花を咲かせる
真冬の水の匂いがする

男がいてもいなくても
川に洗濯に行くべきだった
切れるほど冷たい水で
気のすむまで洗うべきだった

エコバッグいっぱい
穢れものをつめこんで出向いた
流れのなかほどに
朝焼けのきれはしみたいに
袖が片方うかんでいた
ああ、あれは、
わたしが花ざかりであったころ
袂からちりこぼれるものがあるのを

惜しみもせずにせつせつと洗いつづけた
あの袖にちがいない

そのとき
川上から跫音が押しよせ
わたしを踏みつけにして嗤いながら
ぱっくりひらいた袂のなかへ
われもわれもと吸いこまれていった
それから川はまたひとつ
球根を産み落した

芝刈りは長丁場になるらしい
川に洗濯に行きたいけれど
洗うものがない

系譜

女の子とわたしは
遊動円木にまたがって遊んだ
公園からは撤去されたはずだが
我が家にこっそりしのびこんでいたらしい
ベテルギウスリゲルシリウスプロキオン
アルデバランカペラポルックス
またたきながら空の梁から
吊るされている

女の子とわたしは
丸太の両端にまたがって空をゆらした
女の子は長い髪をおさげにして
リボンをゆわえている
わたしのむすめのようにも見えるが
むすめを産んだおぼえはない
ゆらしつづけると空は
お手本みたいな青が剝がれて
踏みはずしそうになる

女の子はふいに遊動円木にとびのった
丸太から落ちないように
腕を広げてバランスを取りながら

こちらに向かって歩く
数メートルに見えたそれは
けっこうな道のりで
やがて雪がちらつきはじめた
女の子は一歩踏むごとに大人びる
匂やかにひらいて萎れはじめる
白くなった髪にリボンをゆわえたその子は
わたしの母かもしれない母の母かもしれない
わたしを通過すると一気にころがって
ころがりおちて割れたのは
わたしだった

リノリウムの床に無数の羽根がちらばっている
つまみあげたら指尖に羽軸が刺さって

白い羽根が緋に染まった
子どものころ
喘息の発作をたびたび起こした
横になると息の苦しくなるわたしを母はおぶって
川べりの道をどこまでも歩いた
あの日見た夕焼けの色だった

空耳頭巾

つるは工事現場で働いていた
作業員は、つる、一羽きりだった
くちばしに鉄骨をくわえて運んだ
両手の代わりに双翼で組み立てた
北の国からここまで運んでくれた風
雨あがりには虹が架かると
月は欠けても満ちるものだと
その背にしがみつきながら教わった

春までにアパートを作りたい
風と一緒にくらしたい
工事用ヘルメットは
つるには大きすぎた
赤い毛糸で頭巾を編んで
すっぽりかぶった

骨組みだけのアパートの扉が
ぎぎっと開く音がした
ふりしきる紅葉が鼓膜を彩る
踊るようにふりかえったら十五夜の皿に
蟲やら、あけびやら、どんぐりやら
こんもり盛られて
木犀の花の匂いにぬれていた

一夜きりのことだった

しあわせなのに
なみだがこぼれつづけるのはなぜだろう
きれいになりたいなりたいなりたい
いてもたってもいられない
羽根という羽根を毟った
まるはだかになりたい
なってしまいたい
ちらばった羽根をかきあつめて
銀河のせせらぎであらった
わすれ雪のように
白が舞う

つるつるかぎになぁれさおになぁれ
たいころばちのふたになぁれ*

仲間の群れが風に乗って
北へ帰るのを見た
錆びついた鉄骨にとまって
つるは赤い頭巾を
脱ぎすてた

*山口県熊毛郡熊毛町の童歌

みのむし

一緒に暮らそう
みのむしが云った
とんでもない
わたしは答えた
とばなくていい
ひきずりこまれた
短冊に文字をつづって
貼り合わせて作ったみのだった

字じゃなくて詩だよと云うけれど
わたしには同じことだ

みののなかは
おもいのほかひろくて
ころあいにせまかった
みのむしとわたしは
なわとびをした
大波　小波
二重とび　三重とび
ひっかかってはやりなおす
かなしみはピンでとめて
ランプの灯をけした
ひとつのベッドで眠ったけれど

ゆめのゆくえはしらない

はれた日には
短冊につづった文字に
翅がはえて光がせせらぐ
うすくれないの八分音符の翅を
ひとひらひとひらむしって
からっぽのドロップの缶につめこんだ
ふたをしてゆすった
花の散るおと
春が泣いているよ
泣いているのは
みのむしだった
四角い窓から

蛾が一頭
とびたった

とんでもない。
飛ばない、わたしは、
飛べない。

ざぼん

バスを下りたら、停留所のベンチに香箱座りで、Ｊは待っていた。そうだった。バスを下りて角を曲がってアパートの外階段をのぼってドアをあけたら、こんなふうに、待っていてくれたのだった。足にまとわりついて喉を鳴らした。むかいあって刺身を食べた。お酒も飲んだ。ひとつのベッドで眠った。突然いなくなった。

夕映えのドレープをつたってすべり落ちたチェンバロの調べが重なりあって、きんいろのきざはしになった。Ｊはそれを駆けあがり、私もあとを追った。一段のぼればほろりとくずれて一段わいて、のぼればほろりとくずれてもう一段わいて、気がつけば綿毛ばかりの、たんぽぽのはらっぱに立たされていた。そのまんなかに、ざぼんが一箇、鎮座している。唸り声をあげながらＪは爪をたてた。いやというほど体当たりした。まっしろい綿毛が宙を舞うばかり。ざぼんは、こゆるぎもしない。Ｊを抱きあげ、その視界を私の胸に埋めた。いつだったかＪが、私にしてくれたように。そのときＪが、すきとおって見えたのは、気のせいであってほしい。

外階段から夜の頭がころがりおちてきた。月のひかりを幾重にもかがった手毬だった。抱きあげたら、芯にしのばせた鈴が、ちりっと鳴った。

口笛

動物病院でもらった薬の袋から
ほろりと出てきた
診療明細書には〈口笛〉と記されている
鳩尾のあたりにしまっておいた

カクゴヲキメルが胸をよぎる
覚めて、悟って、決めるのか
強制給餌したら、くだすか、あげるか

日に日に削がれて
紙切れになった猫で飛行機を折る
もしも、飛ばしたなら
二度と会えない

そのとき
鳩尾のあたりで、誰かが口笛を吹きはじめた
猫は目を覚まし、耳をぴくぴくさせる
わたしはまだ、悟ることも、決めることも
できないでいる

平均寿命とか、動物病院の費用とか
頭の中に数字をならべてけりをつけようとする
鳩尾のあたりで誰かが口笛を吹き鳴らす

どちらさまですか?

鈴

鈴虫から
鈴をもらった
百均にでも売っていそうな
ありふれた鈴だった
耳もとでゆすった
風のページがめくれて
そのすきまからふりしきる音を
手のひらにすくいあげたら

あたたかかった
ゆびと
ゆびとのあわいから
ひかりになって
こぼれつづける音色を
わたしはいつだったか
聞いたことがある
ずいぶん昔みたいな気がするし
昨日のことのようにも思われる
その音をききながら
いつのまにか泣いていた
泪で錆びついてしまったのか
鈴はふいに鳴るのをやめた
穴をほって

夏の終わりに逝った
猫の墓の傍らに埋めた
今日、風は琥珀色だ
どこかで金木犀が咲いたらしい

あとがき

抱きしめすぎて毀れてしまった人形のような風景が、心に降ってくることがある。見失わないように、私はそれを、言葉に置きかえる。私にとって詩を書くとは、そういう行為だ。詩集のタイトルとした「水栽培の猫」は、昨年七月、資生堂・花椿「今月の詩」に選んでいただいたものである。その月の終わりに、十五年間、共に暮らした猫は昇天した。表紙に使った画像を拡大したら、左の眸に、私が映っているのが見えた。今も、猫は、私を見守ってくれているらしい。

詩人の野木京子さん、思潮社編集部の藤井一乃さんをはじめとして、多くの方々に支えられ、励まされて、本詩集を上梓することができました。心から感謝致します。この詩集を手に取って下さった皆様に、ひかりになってこぼれつづける音色を、お届けできますように。

二〇二四年一月

橘しのぶ

橘しのぶ

二〇〇四年度、「詩学」新人

詩集

『万華鏡――赤の練習曲』土曜美術社、一九九〇年

『しなやかな暗殺者』梓書院、一九九九年

『道草』七月堂、二〇二二年　第19回日本詩歌句随筆評論大賞詩部門奨励賞

童話

「雨あがり」（一九九〇年、第3回サンリオいちごえほん童話グランプリ）

「おばあちゃんのリボン」（一九九一年、第8回アンデルセンメルヘン大賞入賞）

「白い花さいたら…」（一九九二年、第9回アンデルセンメルヘン大賞入賞）

「たそがれのためいき色のあの花は」（一九九八年、第15回アンデルセンメルヘン大賞入賞）

水栽培の猫

著者　橘しのぶ
発行者　小田啓之
発行所　株式会社思潮社
一六二-〇八四二　東京都新宿区市谷砂土原町三-十五
電話　〇三-五八〇五-七五〇一（営業）
　　　〇三-三二六七-八一四一（編集）
印刷・製本　創栄図書印刷株式会社
発行日　二〇二四年五月三十一日